zwijsen

veilig leren Lezen

veilig & vlot • kern 6

g

geel

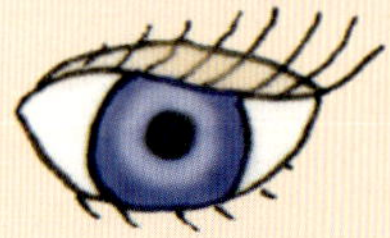

oog

ik gil.

wij gaan weer weg.

mug	oog	wie
mag	hoog	wieg
maag	heg	weeg
zaag	hek	leeg
zeg	gek	geel

reus	jaap	boos
ver	boen	eet
hip	mee	tot
waar	dak	zijn
soep	hut	toon

- kom mee naar mijn hut.
- eet jij soep met koek?
- jaap is hip.

tam	hak	jij
wit	kop	zin
roer	rijk	sok
zet	zoek	bon
ruk	bes	beuk

- jos zet de vaas op zijn kop.
- hak jij de beuk om?
- is mijn sok wit?

leuk	jou	uur
deuk	zou	guur
dak	zout	gaar
dag	ziet	gaas
mag	giet	aas

soep met room

joep, ik maak soep voor jou.
dat duurt een uur.
er zit al wat zout in.

dit is jouw soep.
wil jij ook wat room in de soep?
dat mag.
giet er maar wat room in.
mmm ... wat een geur!

geur	rug	hijg
deur	ruk	vijg
dor	rook	voeg
dop	koor	voel
op	oor	joel

reuk	ton	zoen
jaar	sap	ham
vet	zes	zon
hik	roep	tak
weet	kok	zit

kok tom

tom is kok.
kok tom zit op een ton.
in de ton zit ham en vet.
maar …
er zit ook een rat in de ton.
pas op, kok tom!
pas op voor de rat.

dam	rok	win
boek	boon	hit
hup	top	toos

g

jeuk op mijn rug

ik zit hoog in de boom.
in een hut van hout.
en ik tuur door een gat.
dat is het raam van de hut.

ik kijk ver weg het bos in.
maar wat voel ik nou?
ik voel jeuk op mijn rug!
dat is niet leuk.

is het een mug?
is het een teek?
een mier?
ik voel op mijn rug.
oo, het is maar een tak!

g

buur
buurt — ik kom vaak in die buurt.

tuur
stuur — stuur jij dit met de post?

rug
brug — die brug is heel hoog.

lieg
vlieg — er zit een vlieg in mijn oog.

taart
staart — de poes likt haar staart.

gas
gans — de gans loopt naar de sloot.

au

pauw

saus

kom jij gauw?

paul is leuk.

saus	pijl	jas
paus	paul	pas
pauw	pauw	paus
lauw	kauw	nauw
dauw	gauw	rauw

jat	pen	hoop
baas	keur	wij
hik	dijk	mees
zoek	bon	pier
rijp	dus	toen

ik zoek de baas.

de mees eet een pier.

ik hoop dat de peer rijp is.

haak	aan	door
mus	hun	jok
neus	eer	diep
mot	vaas	niet
boer	dak	kijk

kijk, hier is het niet diep.

ik jok niet.

zie jij de mot op mijn neus?

saus	zeur	dauw
paus	zuur	lauw
poes	guur	pauw
pas	gaar	paul
as	jaar	paal

saus?
die saus van paul.
wat een geur!
ik neem een hap.
oo, de saus is lauw.
en zuur.
is dit wel saus?

wat zeg je, paul?
oo, dit is geen saus.
het is sap!

duur	paus	gauw
deur	pees	nauw
keur	lees	rauw
kier	lus	touw
vier	zus	jouw

das	baan	hoor
zoen	rijk	keus
bot	deuk	haas
met	meer	piet
boek	wijk	dun

ik rijm

rijm maar mee.
bij mot maak ik bot.
bij doek maak ik boek.
bij baas maak ik haas.
en wat rijmt op jas?

ik weet het niet.
maak jij maar een keus!

boen	heup	toer
zaak	nier	bok
doop	vaak	dier

au

zie je de pauw?

daar komt een pauw.
kom, gauw!
ik wil hem zien.
kom mee.
ik ren naar hem toe.

au, ik val!
ik kijk op.
weg is de pauw.

ik lust je rauw

pas op!
bart de vos is in de buurt.
hij lust wel een kip.
daar ziet hij kaat de kip staan.
hij zegt: ik lust je rauw.

maar kaat de kip is slim.
zij pikt bart in zijn staart.
au, roept bart de vos!
kaat zegt: ik lust je rauw.
pas op!
kaat de kip is in de buurt.

ui

huis

lui

een huis met een tuin.

au, mijn duim doet pijn!

muis	leuk	saus
huis	luik	suis
ruis	kuil	buis
ruit	uil	buig
uit	al	big

roet	hap	al
bom	zus	lip
jaar	moes	net
mees	vier	zij
deuk	weer	noot

- weer een deuk in de deur!
- hap, ik bijt op mijn lip!
- mijn zus is vier jaar.

laat	lol	pijn
lek	raap	reus
jat	teen	eer
tik	dun	piek
aan	wie	mok

- de teen van piet is dun.
- ik tik de piek aan.
- hoe laat kom jij aan?

kuit	geur	jou
uit	deur	kou
eet	deuk	kous
beet	duik	kus
biet	buik	mus

wat een geur!

aan mijn voet zit een kous.
die zit ook om mijn kuit.
de kous is dik.
dan voel ik geen kou.

maar wat een geur is dat!
uit!
uit met die kous!

lies	jok	paus
luis	pok	saus
luik	por	suis
kuil	puur	huis
keel	guur	huil

mol	pier	zes
niet	meen	bok
dus	teer	moet
hal	hoop	jaap
lik	reuk	laan

een mol in de hal?

in de hal zie ik een mol.
wat doet die hier?
ik pak hem op.
ik zet hem bij de boom.
maar dan zit hij er weer!

mol, je moet ...
oo, kijk!
maar dat is niet 1 mol.
het zijn er wel zes!

ween	wiek	lok
mus	tip	nek
roes	zijn	voor

ui

lies luis

lies luis is op zoek.
zij is op zoek naar een huis.
lies zoekt bij roos in het haar.
nee, dat haar is vet.

lies luis is op zoek.
op zoek naar een huis.
het haar van jip.
dat lijkt haar wel wat.

maar jip gaat net weg.
lies is te laat.
dan niet, lies.
geen huis voor jou.

ren	
rent	de muis rent snel weg.
krent	weet jij wat een krent is?

tam	
stam	de stam van die boom is dik.
stamp	ik stamp in de plas.

raak	
kraak	ik kraak de noot.
kraakt	als ik loop, kraakt de vloer.

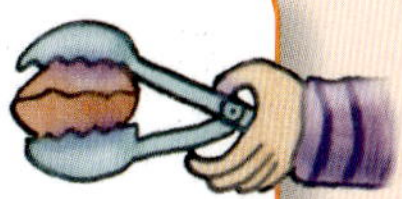

lus	
lust	lust jij geen taart?
blust	de man blust gauw het vuur.

au	
kauw	waar kauw jij op?
kauwt	een koe kauwt heel vaak.

f

fout

dief

fien is lief.

juf eef is een fee.

duif	fee	fout
doof	nee	fit
dof	neef	fut
pof	geef	dut
fop	gaaf	dat

kous	wol	deuk
kijk	net	mouw
vies	jaar	zeur
juk	put	hier
jou	ben	zoon

- ben jij net hier?
- jouw mouw is vies.
- mijn kous is van wol.

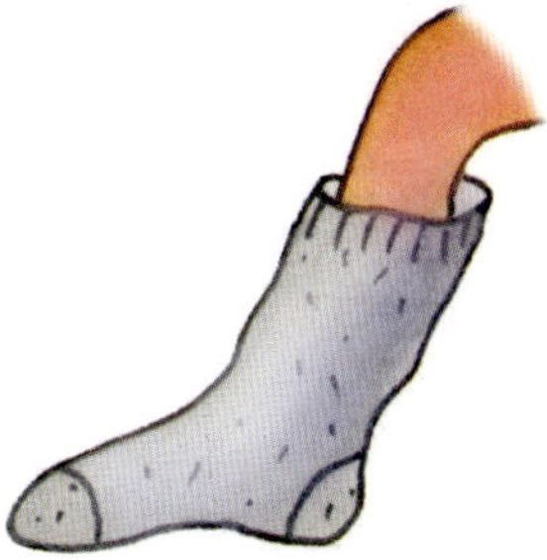

die	lek	tam
rok	rijm	bak
week	beer	zout
roer	voel	oom
wit	kou	kier

- die rok is wit.
- ik roer wat zout door de soep.
- de kou komt door de kier.

f

of	jouw	fout
lof	touw	fit
leef	mouw	hit
geef	nauw	het
geel	gauw	heg

een duif in het nauw

hee, kom gauw!
kijk, hier bij de heg.
het is een duif.
zij leeft nog.
maar zij zit in het nauw.
er is wat fout.
er zit een touw om haar poot.
kom duif, ik maak jou los.

hup, jij mag weer gaan!

uur	kuif	peul
huur	kuit	peuk
hier	buit	puk
fier	bout	puf
kier	bouw	juf

f

kus	deur	zoom
rol	beek	roel
jouw	dier	wil
nek	pit	rijk
vier	tak	bek

weet jij het?

roel is een dier.
maar wat voor dier?
hij is een dier met een bek.
en met een nek.
hij woont in een beek.
maar wil ook op een tak.
is roel een vis?
is roel een aap?
is roel een beer?

weet jij het?

hoor	mout	voer
wok	weer	let
puk	kies	roem

is fen fit?

fen zit op zijn bal.
hij is moe.

sam komt er aan.
geef mij die bal maar, zegt hij.
sam pakt de bal.
kom je?

fen zit nog.
ik hoef niet.

wil je niet fit zijn, fen?

ik ben fit, zegt fen.
ook als ik zit.

een brief van eef

kijk eens, een brief!
de brief is van eef.
zij geeft een feest.
op het feest zal er taart zijn.
wat fijn!
kom jij ook stef?
dat staat in de brief.
en of!
stef komt!

oo nee, stef is te laat!
die brief lag er al een week.
de brief lag naast de mat.
stef zag hem niet.

eef gaf een feest.
stef was er niet.

ei

reis

wei

wat een kei!

rein eet een ei.

geit	wie	ei
gein	wei	hei
sein	mei	heil
rein	kei	hiel
reis	eik	ziel

boor	toen	zout
mouw	dik	huur
waar	heup	veel
map	rijp	put
reus	niet	doe

- de peer is rijp en dik.
- waar is de boor?
- de reus viel in de put!

lip	bouw	lus
rot	tor	keer
hup	aas	bier
bel	beuk	dun
uur	jou	rat

- ik bouw een hok voor mijn rat.
- ik bel jou om vier uur.
- op de beuk zit een tor.

wei	duif	ei
kei	dief	hei
kou	dier	hein
kous	duur	haan
kies	guur	gaan

de kies van hein

hein zat op een kei.
hij riep: waar is mijn kies?
mijn kies is weg!
waar is de dief?

toen keek hein naar de kei.
wat lag daar?
was dat zijn kies?
de kies zat los!
hij viel er uit!
geen dief dus.

paus	eik	zeur
paul	ook	keur
peil	rook	reuk
teil	ruik	reus
zeil	ruk	reis

buur	zoet	heus
keel	les	rit
jouw	tot	dus
voel	veer	doen
biet	noot	hut

vos en haas

ik woon in een hut.
een hut in het bos.
mijn buur is een haas.
en mijn buur is een vos.

dus eet ik peen,
dan is haas bij mij.
maar eet ik kip,
dan is vos er bij!

mat	dip	hun
bout	waas	rap
bijl	lik	dut

ei

ik ben geen ei!

suus was bij jaap.
en weet je wat suus zei?
ik wil een kip zijn, jaap.
en dan ben jij het ei.

ik ben geen ei, zei jaap boos.
dat is niet leuk.
ik ben ook een kip.

nee jaap, zei suus toen.
ik ben al een kip.
dus jij bent een ei.

maar weet je wat jaap zei?
ik ben dus een ei.
maar het ei komt uit!
en tok, tok, tok:
dan ben ik ook een kip!

raaf	de raaf zit in de eik.
graaf	ik graaf een kuil.

ruit	er zit een kras op de ruit.
fruit	ik lust graag fruit.

lauw	is de saus lauw?
flauw	de rijst smaakt flauw.

kruip	ik kruip door de buis.
kruipt	wat kruipt er uit dat ei?

druk	het is druk op de weg.
drukt	hein drukt op de knop.

blaas	ik blaas een bel.
blaast	zij blaast op een fluit.

ik wuif.

f

g

ik giet.

ei

wei

ui

huis

pauw

au

ik lees nog meer:

jij bent een kei!
jij bent een kei!
dat is wat juf zei.
toen de les uit was.
de les van de ei.
de ei van kei.

ik lees!
ik lees wat ik wil.
ik lees voor of ik lees in koor.
een leuk boek lees ik gauw uit.
en dan weet ik weer meer!